Viktor Kiy

Die Kant'schen Kategorien und ihr Verhältniss zu den Aristotelischen

Antigonos

Viktor Kiy

Die Kant'schen Kategorien und ihr Verhältniss zu den Aristotelischen

Unveränderter Nachdruck der Originalausgabe von 1879.

1. Auflage 2024 | ISBN: 978-3-38670-364-2

Antigonos Verlag ist ein Imprint der Outlook Verlagsgesellschaft mbH.

Verlag: Outlook Verlag GmbH, Zeilweg 44, 60439 Frankfurt, Deutschland, info@outlook-verlag.de
Vertretungsberechtigt: E. Roepke, Zeilweg 44, 60439 Frankfurt, Deutschland
Druck: Libri Plureos GmbH, Friedensallee 273, 22763 Hamburg, Deutschland

Inhalt.

Einleitung.

   I. Kants Kategorienlehre:

        1. Ableitung der Kantschen Kategorien;

        2. Anwendung derselben vermittelst des Schemas;

        3. Bedeutung der Kategorien Kants.

  II. Verhältniss der Kantschen Kategorien zu den Aristotelischen:

        1. Zusammenhang der Kantschen Kategorienlehre mit der Aristotelischen;

        2. Unterschied der Aristotelischen Kategorien von denjenigen Kants,

            a. hinsichtlich ihrer Ableitung,

            b. hinsichtlich ihrer Bedeutung,

            c. hinsichtlich ihrer Verwendung im System überhaupt.

 III. Kritik der Kantschen Kategorienlehre.

Schlussbetrachtung.

Quellen resp. Ausgaben der Werke, auf welche sich die Citate beziehen:

Aristoteles, Graece ex recensione Immanuelis Bekkeri edidit Academia Regia Borussica. Volumen I. Berolini, apud G. Reimerum. 1831.

Kant, Kritik der reinen Vernunft, als dritter Band d. sämmtl. Werke herausgegeben von G. Hartenstein. Leipzig, Leopold Voss. 1867.

— — Prolegomena zu einer jeden künftigen Metaphysik, die als Wissenschaft wird auftreten können, und

— — Metaphysische Anfangsgründe der Naturwissenschaft im vierten Bande derselben Ausgabe.

Trendelenburg, Gesch. der Kategorienlehre. Berlin, Bethge. 1846.

Ueberweg, System der Logik u. Gesch. der logischen Lehren. Bonn, Marcus. 1868.

— — Gesch. d. Philos. der vorchristlichen Zeit. Berlin, Mittler. 1863.

Fortlage, Genetische Geschichte der Philosophie seit Kant. Leipzig, Brockhaus. 1852.

Schopenhauer, Kritik der Kantschen Philos. als Anhang zum ersten Bande
    seines Werkes: Die Welt als Wille u. Vorstellung. Dritte Aufl. Leip-
    zig, Brockhaus. 1859.
Schuppe, die Aristotelischen Kategorien. Berlin, Weber. 1871.
Helmholtz, die Thatsachen der Wahrnehmung. Berlin, Hirschwald. 1879.
Voit, Ueber die Entwicklung der Erkenntniss. München, Rieger. 1879.
Liebmann, Zur Analysis der Wirklichkeit. Strassburg, Teubner. 1876.

„Kategorien" sind die allgemeinsten Grundbegriffe, — nach Aristoteles die allgemeinsten Formen der Aussage.

In bestimmter Fassung treten solche Kategorien in der Entwicklung der Philosophie zuerst bei letzterem auf, obwohl Spuren davon sich schon vor ihm finden.

Die Kategorien der Stoiker sind gewissermassen nur Modificationen der Aristotelischen. Der Name derselben ist nicht Kategorien, sondern höchste Geschlechter (τὰ γενικώτατα). Plotins Kategorienlehre ist eine Art Vereinigung Platonischer und Aristotelischer Elemente. Bei Cartesius, Spinoza und Locke findet sich keine eigentliche Kategorienlehre in dem Sinne der Aristotelischen und Kantschen. Kant verfuhr desshalb ganz richtig, wenn er unmittelbar an Aristoteles anknüpfte. Bei der Aufstellung seines Systems überhaupt, der Kritik des Erkenntnissvermögens — daher auch Kriticismus oder transcendentaler Idealismus genannt — ist Kant jedoch von David Hume ausgegangen, wie er dies in der Vorrede zur Kritik der reinen Vernunft und ausführlicher in dre Vorrede zu den Prolog. S. 6 u. ff. darstellt.

Hume hatte nämlich behauptet, dass das Causalitätsverhältniss, nach welchem wir das Eine als Wirkung eines Anderen, als seiner Ursache setzen, auf der blossen Gewohnheit beruhe, beides neben einander zu sehen.

Kant knüpft an diese Humeschen Untersuchungen an und sagt Prolog. S. 8: „Ich gestehe es frei: die Erinnerung des David Hume war eben dasjenige, was mir vor vielen Jahren zuerst den dogmatischen Schlummer unterbrach und meinen Untersuchungen im Felde der speculativen Philosophie eine ganz andere Richtung gab . . . . "— „Es war (bei Hume) nicht die Frage, ob der Begriff der Ursache richtig, brauchbar; — denn dies hatte Hume niemals in Zweifel gezogen, sondern ob er durch die Vernunft a priori gedacht werde und auf solche Weise eine von aller Erfahrung unabhängige innere Wahrheit und daher auch wohl weiter ausgedehnte Brauchbarkeit habe, die nicht bloss auf Gegenstände der Erfahrung eingeschränkt sei, — hierüber erwartete Hume Aufschluss".

Kant unterscheidet somit zunächst mit Hume die Erkenntniss a posteriori, als die empirische oder Erfahrungserkenntniss von der Erkenntniss a priori d. h. der schlechterdings von aller Erfahrung und selbst von allen Eindrücken der Sinne unabhängigen Erkenntniss, die in ihrer Nothwendigkeit und strengen Allgemeinheit aller Erfahrung vorhergeht *). Kant und Hume weichen in dieser Auffassung beider Begriffe von der durch Aristoteles in der Philos. eingebürgerten Bedeutung ab. Nach Aristoteles bezeichnete „a priori" soviel als „aus dem von Natur Früheren" d. h. „ex causis" und „a posteriori" soviel als „ex effectu" d. h. aus dem Späteren, aber uns Bekannteren.

Erkennen ist denken, sagt Kant, indem er in seiner Kritik fortfährt, und denken ist urtheilen **). Erkenntniss ist also nur durch das Urtheil möglich. Wir unterscheiden aber zunächst zwei Gattungen von Urtheilen, die analytischen und die synthetischen. Die analytischen Urtheile sind aber blosse Erläuterungsurtheile; sie folgen aus dem Satze der Identität, sie geben nur das, was in dem Subjecte schon liegt, ohne welches dasselbe aufhören würde. Alle analytischen Urtheile sind deshalb Urtheile a priori; denn ich bedarf keines Zeugnisses der Erfahrung, um von einem Subjecte auszusagen, was schon innerhalb der Sphäre desselben liegt. Durch solche Urtheile wird also unsre Erkenntniss nicht gemehrt, sondern nur geläutert. Erweitert wird dieselbe nur durch ein synthetisches oder Erweiterungsurtheil. Die synthetischen Urtheile a posteriori erweitern wirklich unsre Erkenntniss, aber ihnen fehlt Nothwendigkeit und strenge Allgemeinheit. Reine Erkenntniss ist somit nur durch synthetische Urtheile a priori möglich.

Kants ganze Untersuchung gipfelt daher in der Frage:

Sind und wie sind synthetische Urtheile a priori möglich? ***).

Diese Frage zerlegt Kant in folgende vier Fragen:

    1. Wie ist reine Mathematik möglich?

    2. Wie ist reine Naturwissenschaft möglich?

    3. Wie ist Metaphysik überhaupt möglich?

    4. Wie ist Metaphysik als Wissenschaft möglich?

Die Kategorienlehre hat Kant in dem Abschnitte behandelt, in welchem die zweite Frage beantwortet wird; es ist jedoch des Ver-

---

*) K. d. r. V. S. 33 u. f.

**) Prolog. § 22, 53. u. a. a. O.

***) Cf. K. d. r. V. S. 40 u. ff.

ständnisses wegen nothwendig, auch die erste Frage nicht ganz unberücksichtigt zu lassen.

Der Boden, auf welchem sich die reine Mathematik bewegt, sagt Kant, ist Raum und Zeit. Raum und Zeit sind die reinen Formen der Anschauung. „Der Raum ist nichts Anderes, als nur die Form aller Erscheinungen äusserer Sinne d. i. die subjective Bedingung der Sinnlichkeit, unter der allein uns äussere Anschauung möglich ist‟. „Die Zeit ist nichts Anderes, als die Form des innern Sinnes, d. i. des Anschauens unserer selbst und unseres innern Zustandes *).

Raum und Zeit sind aber Anschauungen, nicht Begriffe; denn kein Begriff als solcher kann so gedacht werden, als ob er eine unendliche Menge von Vorstellungen als Theile in sich enthielte; Raum und Zeit werden aber so gedacht d. h. alle einzelnen Räume und Zeiten sind zugleich oder sind als Theile in dem allgemeinen Raume und in der allgemeinen Zeit enthalten.

Und zwar sind nach Kant Raum und Zeit Anschauungen a priori; denn sie sind Voraussetzungen bei aller Erfahrung. Alle Wahrnehmungen und Empfindungen können nur in irgend einem Raume, in irgend einer Zeit gedacht werden. Deshalb aber sind wir nicht im Stande die Dinge zu erkennen, wie sie an sich sind, sondern wie sie uns vermittelst jener Formen des Anschauens erscheinen.

„Müsste unsere Anschauung von der Art sein, dass sie Dinge vorstellte, so wie sie an sich selbst sind, so würde gar keine Anschauung a priori stattfinden, sondern sie wäre allemal empirisch; denn was in dem Gegenstande an sich selbst enthalten sei, kann ich nur wissen, wenn er mir gegenwärtig und gegeben ist . . . . — Es ist also nur auf eine einzige Art möglich, dass meine Anschauung vor der Wirklichkeit des Gegenstandes vorhergehe und als Erkenntniss a priori stattfinde, wenn sie nämlich nichts Anderes enthält, als die Form der Sinnlichkeit, die in meinem Subjecte vor allen wirklichen Eindrücken vorhergeht, dadurch ich von Gegenständen afficirt werde.‟ Prolog. § 39. (S. 31).

Also sind Sätze, die diese Form betreffen, von Gegenständen der Sinne möglich und giltig d. h. es gibt reine Mathematik.

Wenn es reine Mathematik gibt, so haben wir uns umzuschauen, ob es nicht auch andere reine Wissenschaften d. h. Wissenschaften mit

---

*) K. d. r. V. S. 61 u. 67.

apriorischen Grundlagen gibt. Dies dürfte nun zunächst die reine Naturwissenschaft sein. Unter Natur ist der Inbegriff aller Erscheinungen zu verstehen.

Unsere Erkenntniss entspringt aus zwei Grundquellen, nämlich aus der Fähigkeit, die Vorstellungen zu empfangen, und aus dem Vermögen, durch jene Vorstellungen einen Gegenstand zu erkennen. Durch die Sinnlichkeit werden uns Anschauungen gegeben, durch den Verstand werden sie gedacht. d. h. durch den Verstand wird die Mannigfaltigkeit der Anschauungen zu der Einheit des Begriffes zusammengefasst. Anschauung und Begriff machen also die Elemente unserer Erkenntniss aus.

Wie nun Raum und Zeit die reinen Formen des Anschauens sind, so soll es innerhalb des Denkens in gleicher Weise solche reine Denkformen oder reine Verstandesbegriffe geben. Die reine Anschauung enthielt lediglich die Form, unter welcher etwas angeschaut wird; — der reine Begriff aber soll allein die Form des Denkens eines Gegenstandes überhaupt sein.

Wie bei seiner ganzen Untersuchung ist Kant auch hier zunächst von Hume ausgegangen. „Ich versuchte zuerst", sagt er Prolog S. 8., „ob sich nicht Humes Einwurf allgemein vorstellen liesse, und fand bald, dass der Begriff der Verknüpfung von Ursache und Wirkung bei weitem nicht der einzige sei, durch den der Verstand a priori sich Verknüpfungen der Dinge denkt, vielmehr dass Metaphysik ganz und gar daraus bestehe.

Eine Tafel solcher reiner Elementarbegriffe fand er nun bei Aristoteles unter dem Namen der Kategorien zusammengetragen. Aber Aristoteles schien ihm diese Grundbegriffe ohne Princip, wie sie ihm aufstiessen, aufgerafft zu haben. Auch befanden sich darunter Raum und Zeit, die reinen Formen der Sinnlichkeit. Erst nach langem Nachdenken gelang es ihm, diese von den reinen Verstandesbegriffen zu unterscheiden und abzusondern. Dadurch war die Tafel der Aristotelischen Kategorien zerrissen. Kant behielt zwar den Namen bei, versuchte aber eine eigene Kategorientafel aufzustellen. Es kam ihm hierbei darauf an,

1. dass die Begriffe rein und nicht empirische seien;
2. dass sie nicht zur Anschauung und zur Sinnlichkeit, sondern zum Denken und Verstande gehören;
3. dass sie Elementarbegriffe seien und von den abgeleiteten oder daraus zusammengesetzten wohl unterschieden werden;

4. dass ihre Tafel vollständig sei, und sie das ganze Feld des reinen Verstandes gänzlich ausfüllen.

Deshalb wollte er sie in dem Verstande allein, als ihrer Geburtsstätte aufsuchen. Als Princip für die Ableitung der reinen Begriffe stellt er das Urtheil auf, und zwar weil der Begriff nur insofern der Erkenntniss dient, als er in einem Urtheile Verwendung findet *).

Von diesen Begriffen, sagt Kant, kann nun der Verstand keinen andern Gebrauch machen, als dass er dadurch urtheilt. Es ist aber nicht genug, dass ich Wahrnehmungen zu Urtheilen verknüpfe. Solche Urtheile sind nur Wahrnehmungsurtheile; sie vergleichen Wahrnehmungen und verbinden sie in einem Bewusstsein meines Zustandes. Daher haben sie nur subjective Giltigkeit und bleiben ohne Beziehung auf den Gegenstand. Soll aus dem Wahrnehmungsurtheil ein Erfahrungsurtheil oder objectives d. h. allgemein giltiges Urtheil werden, so muss die gegebene Anschauung d. i. die Wahrnehmung unter einen Begriff, ein allgemeines Gesetz subsumirt werden, das das Verhältniss des Inhalts des Urteils zum Bewusstsein überhaupt verknüpft und dadurch den empirischen Urtheilen Allgemeingiltigkeit verschafft. Solche bestimmende Begriffe sind die Kategorien oder Verstandesbegriffe. In der Vorrede zu den Metaphysischen Anfangsgründen der Naturwissenschaft, S. 364, führt Kant dafür ein Beispiel an: „Der Stein ist hart" — ist ein kategorisches Urtheil. „Der Stein" ist das Subject; „hart" ist das Prädicat. Durch die conversio per accidens kann ich aber auch sagen: Einiges Harte ist ein Stein. Wenn ich es mir aber im Objecte als bestimmt vorstelle, dass der Stein nur als Subject, die Härte nur als Prädicat gedacht werden müsse, so werden dieselben logischen Functionen nun reine Verstandesbegriffe von Objecten, nämlich Substanz und Accidenz.

Die Functionen des Verstandes können so insgesammt gefunden werden, wenn man die Functionen der Einheit in den Urtheilen vollständig darstellen kann **).

Kant stellte auf Grund der „schon fertigen, obgleich noch nicht ganz von Mängeln freien Arbeit der Logiker vor ihm" — folgende Tafel der Urtheile auf:

1. der Quantität nach:
    allgemeine, besondere, einzelne;

---

*) K. d. r. V. S. 93.
**) K. d. r. V. S. 93 u. ff.

2. der Qualität nach:

    bejahende, verneinende, unendliche;

3. der Relation nach:

    kategorische, hypothetische, disjunctive;

4. der Modalität nach:

    problematische. assertorische, apodiktische.

Es entspringen daraus gerade soviel reine Verstandesbegriffe, welche a priori auf Gegenstände der Anschauung überhaupt gehen, als es in der vorigen Tafel logische Functionen in allen möglichen Urtheilen gab; denn derselbe Verstand, der in einem Urtheile den Vorstellungen Einheit gibt, fasst auch die Mannigfaltigkeit der Vorstellungen in der Anschauung überhaupt zu einer Einheit zusammen, welche eben der reine Verstandesbegriff ist.

Die Tafel der reinen Verstandesbegriffe oder Kategorien ist somit folgende:

1. der Quantität nach:

    Einheit, Vielheit, Allheit;

2. der Qualität nach:

    Realität, Negation, Limitation;

3. der Relation nach:

    Inhärenz und Subsistenz, (substantia et accidens).
    Causalität und Dependenz, (Ursache und Wirkung),
    Gemeinschaft; (Wechselwirkung zwischen dem Handelnden und Leidenden);

4. der Modalität nach:

    Möglichkeit — Unmöglichkeit, Dasein — Nichtsein,
    Nothwendigkeit — Zufälligkeit.

Von diesen Kategorien sind die abgeleiteten Begriffe wohl zu unterscheiden. Kant führt einige solcher Begriffe an, so — innerhalb der Causalität — Kraft, Handlung, Leiden. — Man könne sie, sagt er, Prädicabilien nennen; das System derselben vollständig zu entwickeln sei Sache einer wissenschaftlichen Metaphysik.

Unsere Kritik beschäftigt sich daher nur mit den ursprünglichen Kategorien oder Grundbegriffen. Diese sind jederzeit die reinen Bedingungen einer möglichen Erfahrung. Auch vermittelst der Kategorien aber vermögen wir nicht — Dinge an sich — zu erkennen, sondern nur Erscheinungen; denn aller unserer Erkenntniss mischt sich etwas

Subjectives bei, zuerst die reinen Formen der Anschauung, dann die Kategorien.

So dienen letztere gleichsam nur, Erscheinungen zu buchstabiren, um sie als Erfahrung lesen zu können *). Erkenntniss ist also nur möglich als Synthesis von Verstand und Sinnlichkeit. Die Sinnlichkeit liefert uns Anschauungen, der Verstand erhebt diese zur Einheit der Begriffe; denn der Verstand ist das Vermögen der Begriffe, der Regeln. Anschauungen ohne Begriffe sind blind, Begriffe ohne Anschauungen sind leer.

„Die reinen Verstandesbegriffe sind aber nur darum a priori möglich, ja gar in Beziehung auf Erfahrung nothwendig, weil unsere Erkenntniss mit nichts als Erscheinungen zu thun hat, deren Möglichkeit in uns selbst liegt, deren Verknüpfung und Einheit (in der Vorstellung eines Gegenstandes) bloss in uns getroffen wird, mithin vor aller Erfahrung vorhergehen und diese der Form nach auch allererst möglich machen muss" **).

Erkenntniss besteht also in der Synthesis von Verstand und Sinnlichkeit d. h. in der Subsumtion der Anschauungen unter Regeln d. h. unter die Verstandesbegriffe. — Wenn der Verstand überhaupt als das Vermögen der Regeln erklärt wird, so ist Urtheilskraft das Vermögen, unter Regeln zu subsumiren d. i. zu unterscheiden, ob etwas unter einer gegebenen Regel stehe oder nicht.

In allen Subsumtionen eines Gegenstandes unter einen Begriff muss die Vorstellung des ersteren mit dem letzteren gleichartig sein d. i. der Begriff muss dasjenige enthalten, was in dem darunter zu subsumirenden Gegenstande vorgestellt wird.

Wie können nun die Anschauungen bei ihrer sinnlichen Natur unter die reinen Verstandesbegriffe subsumirt werden, da sie doch diesen letztern nicht gleichartig sind!

Hier übernimmt die Einbildungskraft das Geschäft der Vermittlung. Die Thätigkeit derselben ist nämlich folgende: Nachdem das Mannigfaltige der Erscheinungen in einer einheitlichen Anschauung zusammengefasst ist, kann die Einbildungskraft diese Anschauung nun auch unabhängig von dem Gegenstande als Bild reproduciren. Aber alle Reproduction würde vergeblich sein ohne das Bewusstsein, dass das, was

---

*) Prolog. 61 (§ 30).
**) K. d. r. V. S. 585.

wir denken, eben dasselbe sei, was wir einen Augenblick zuvor dachten. Es tritt also ein Act der Recognition ein, der wie alle anderen Handlungen der Einbildungskraft nur dadurch möglich ist, dass eine einheitliche Vorstellung, nämlich die des Ich, das Selbstbewusstsein, alle jene Acte begleitet.

Aber die Einbildungskraft ist auch ein Vermögen einer Synthesis a priori d. h. sie ist productive Einbildungskraft, welche allein a priori ist*). Als solche bringt sie das Schema hervor. Das Schema ist eine transcendentale Zeitbestimmung, eine vermittelnde Vorstellung, welche rein und doch einerseits intellectuell und anderseits sinnlich ist. Die Zeit ist mit den Kategorien insofern gleichartig, als sie allgemein ist und auf einer Regel a priori beruht; sie ist aber auch mit den Erscheinungen insofern gleichartig, als sie in jeder empirischen Vorstellung des Mannigfaltigen enthalten ist.

Das Schema ist etwa eine Platonische Idee; „es hat die Allgemeinheit des Begriffs ohne formlose Unsinnlichkeit". Es kann in gar kein Bild gebracht werden, sondern ist die Vorstellung einer Methode, einem Begriff sein Bild zu verschaffen; es ist eigentlich nur das Phänomen oder der sinnliche Begriff eines Gegenstandes in Uebereinstimmung mit der Kategorie. Vermittelst dieses Schemas, als welches nach beiden Seiten hin gleichartig ist, können nur die Anschauungen unter die Kategorien subsumirt werden.

Das Schema für die Kategorien der Quantität ist die Zeitreihe oder Zahl d. h. die successive Addition von Einem zu Einem. Das Schema für die Kategorien der Qualität ist der Zeitinhalt. Realität ist erfüllte, Negation leere Zeit. Limitation als Uebergang von Realität zur Negation ist ein gewisser Grad der Erfüllung der Zeit. Zeitordnung ist das Schema für die Kategorien der Relation; und zwar ist das Schema der Substanz die Beharrlichkeit des Realen in der Zeit; das Schema der Causalität ist die Succession des Mannigfaltigen, sofern sie einer Regel unterworfen ist; endlich ist das Zugleichsein der Bestimmungen der einen Substanz mit denen der andern nach einer Regel das Schema der Gemeinschaft. (Wechselwirkung). Das Schema für die Kategorien der Modalität ist der Zeitinbegriff und zwar für die Möglichkeit — die Zusammenstimmung mit den Bedingungen der Zeit überhaupt, für die Wirklichkeit — das Dasein in einer be-

---

*) Cf. K. d. r. V. S. 567—585.

stimmten Zeit, für die Nothwendigkeit — das Dasein zu aller Zeit *).

Für jede Kategorie und ihr Schema gibt es nun gewisse Grundsätze, synthetische Urtheile a priori, nach welchen die Erscheinungen unter das Schema und vermittelst dieses auch unter die entsprechende Kategorie subsumirt werden.

Jene Grundsätze sind nach den Klassen der Kategorien:

1. Axiome der Anschauung.

Das Princip derselben ist: „Alle Anschauungen sind extensive Grössen". (Nach der ersten Ausgabe der Kr. d. r. V. Alle Erscheinungen sind ihrer Anschauung nach extensive Grössen.) Anschauungen können nicht anders gewonnen werden, als durch Vorstellungen eines bestimmten Raumes und einer bestimmten Zeit. Wir können uns Erscheinungen nur vorstellen, insofern wir sie als extensive Grössen in Raum und Zeit versetzen; sie sind deshalb allen apriorischen Gesetzen der extensiven Grössen, dem Gesetze unendlicher Theilbarkeit u. s. w. unterworfen. Darauf gründet sich eben die Geometrie mit Axiomen, welche die Bedingungen der sinnlichen Anschauung a priori ausdrücken.

2. Anticipationen der Wahrnehmung.

Das Princip derselben ist: „In allen Erscheinungen hat das Reale, was ein Gegenstand der Empfindung ist, intensive Grösse d. i. einen Grad". — (Nach der ersten Ausgabe der Kr. d. r. V. — Der Grundsatz, welcher alle Wahrnehmungen, als solche, anticipirt, heisst so: In allen Erscheinungen hat die Empfindung und das Reale, welches ihr an dem Gegenstande entspricht (realitas phaenomenon) eine intensive Grösse, d. i. einen Grad).

Die Objecte (Wärme, Schwere etc.) wirken auf unsere Empfindung, irgendwie innerhalb des Abstandes zwischen Mangel an Empfindung und der Realität derselben; wir bringen nun zu jeder Wahrnehmung ein Urtheil a priori mit, nach welchem wir jene graduell zu unterscheiden vermögen; wir anticipiren also die Wahrnehmung insofern, als wir im Stande sind, sie a priori dem Grade nach zu bestimmen

3. Analogien der Erfahrung.

Das Princip derselben ist: „Erfahrung ist nur durch die noth-

*) Cf. K. d. r. V. S. 143 u. ff.

wendige Verknüpfung der Wahrnehmungen möglich." — (In der ersten Ausgabe der Kr. etc. Alle Erscheinungen stehen, ihrem Dasein nach, a priori unter Regeln der Bestimmung ihres Verhältnisses unter einander in einer Zeit) d. h. Erkenntniss ist nur dadurch möglich, dass wir uns die Erscheinungen hinsichtlich ihres Daseins und ihrer Verhältnisse unter einander in einer gewissen Zeitordnung denken. Ueber diese Zeitordnung gibt es bestimmte Grundsätze, ohne welche es für uns bloss vereinzelte Erscheinungen, aber kein Ganzes der Erfahrung gäbe. Waren die ersten Grundsätze — konstitutive Principien, so sind diese nur regulative, also weder Axiome, noch Anticipationen. Eine Analogie der Erfahrung wird also nur eine Regel sein, nach welcher aus Wahrnehmungen Einheit der Erfahrung entspringen soll. Ebendasselbe wird auch von den Postulaten des empirischen Denkens überhaupt gelten.

Erste Analogie.

Grundsatz der Beharrlichkeit der Substanz: „Bei allem Wechsel der Erscheinungen beharrt die Substanz, und das Quantum derselben wird in der Natur weder vermehrt, noch vermindert." — Die Zeit, in der aller Wechsel der Erscheinungen gedacht werden soll, bleibt und wechselt nicht; es wird also in den Erscheinungen das Substrat anzutreffen sein, welches die Zeit überhaupt vorstellt, an dem aller Wechsel wahrgenommen werden kann. Dies Beharrliche ist die Substanz in der Erscheinung d. i. das Reale derselben. Da dasselbe nicht wechselt, so kann sein Quantum weder vermehrt, noch vermindert werden. An der Substanz aber vollzieht sich nun aller Wechsel in der Zeit nur als ein Modus der Existenz derselben. Bei allen Veränderungen in der Welt bleibt die Substanz, nur die Accidenzen d. h. die besonderen Qualitäten wechseln. „Entstehen und Vergehen", sagt Kant *), „sind nicht Veränderungen desjenigen, was entsteht oder vergeht". Veränderung ist eine Art zu existiren, welche auf eine andere Art zu existiren eben desselben Gegenstandes erfolgt. Daher ist alles, was sich verändert, bleibend, und nur sein Zustand wechselt. So ist z. B. das Wasser die Substanz zu Flüssigkeit, Eis, Schnee, Dampf und Schaum, als seinen Accidenzen.

Durch diese Zusammenfassung des relativ Unwandelbaren bringen wir so Ordnung und Uebersicht in das Chaos der wandelbaren Erscheinungen.

---

*) K. d. r. V. S. 172.

Zweite Analogie.

Grundsatz der Zeitfolge nach dem Gesetz der Causalität: „Alle Veränderungen geschehen nach dem Gesetze der Verknüpfung der Ursache und Wirkung‘‘. —

Die Substanz ist veränderlich; alle Veränderung an ihr kann also nur durch eine äussere Ursache hervorgerufen werden; d. h. jede Veränderung weisst auf irgend eine Ursache, welche es auch sei. Wir sehen Wirkungen und schliessen deshalb auf Ursachen. Wenn wir erfahren. dass etwas geschieht. so setzen wir dabei jederzeit voraus, dass irgend etwas vorausgehe, worauf es nach einer Regel folgt. — Dadurch geschieht es. dass eine Ordnung unter unsern Vorstellungen wird, in welcher das Gegenwärtige (sofern es geworden) auf irgend einen vorhergehenden Zustand Anweisung gibt, als ein, ob zwar noch unbestimmtes Correlatum dieses Ereignisses, das gegeben ist, welches sich aber auf diese, als seine Folge, bestimmend bezieht und sie nothwendig mit sich in der Zeitreihe verknüpfet *).

Dritte Analogie.

Grundsatz des Zugleichseins nach dem Gesetze der Wechselwirkung oder Gemeinschaft: „Alle Substanzen, sofern sie im Raume als zugleich wahrgenommen werden können. sind in durchgängiger Wechselwirkung‘‘. Wären die Substanzen völlig isolirt von einander, keine wirkte auf die andere und empfinge von dieser wechselseitig Einflüsse, — so würde das Zugleichsein derselben kein Gegenstand einer möglichen Erfahrung sein; das Dasein des einen würde nicht auf das Dasein des andern führen. Nur dadurch, dass alle Erscheinungen in Gemeinschaft der Apperception stehen, und die Gegenstände als zugleich existirend verknüpft vorgestellt werden. bestimmen sie ihre Stellen in einer Zeit wechselseitig und machen dadurch ein Ganzes aus.

4. Die Postulate des empirischen Denkens überhaupt.

„Was mit den formalen Bedingungen der Erfahrung (der Anschauung und den Begriffen nach) übereinkommt, ist möglich‘‘ — d. h. dasjenige, was in Raum und Zeit vorgestellt und unter eine der Kategorien subsumirt werden kann.

„Was mit den materialen Bedingungen der Erfahrung (der Em-

---

*) cf. K. d. r. V. S. 178 u. 180.

pfindung) zusammenhängt, ist wirklich" d. h. also dasjenige, was Gegenstand einer Wahrnehmung ist und wobei man aber von dem apriorischen Zusammenhange absieht, dass der Begriff vor der Wahrnehmung vorhergeht, sagt Kant, bedeutet dessen blosse Möglichkeit. Die Wahrnehmung, die den Stoff zum Begriffe hergibt, ist der einzige Character der Wirklichkeit.

„Dessen Zusammenhang mit dem Wirklichen nach allgemeinen Bedingungen der Erfahrung bestimmt ist, ist (existirt) nothwendig" d. h. das Wirkliche wird erst nothwendig, wenn man seinen apriorischen Zusammenhang, d. i. seine Möglichkeit der Anschauung und den Begriffen nach einsieht.

Das Nothwendige kann niemals aus Begriffen, sondern nur aus der Verknüpfung mit Wahrnehmungen nach allgemeinen Gesetzen der Erfahrung erkannt werden. Es ist aber nun kein Dasein, was als nothwendig erkannt werden könnte, als das Dasein der Wirkungen aus gegebenen Ursachen nach Gesetzen der Causalität. Wir erkennen also nicht das Dasein der Substanzen, sondern das Dasein ihres Zustandes, wovon wir die Nothwendigkeit erkennen können, nach empirischen Gesetzen der Causalität. Daher erkennen wir nur die Nothwendigkeit der Wirkungen in der Natur, deren Ursachen gegeben sind*).

Die angeführten Grundsätze sind die einzigen synthetischen Urtheile a priori, die reine Grundlage aller Naturwissenschaft.

Die Kategorien oder Verstandesbegriffe dienen also, wie wir nun sehen, dazu, diese Urtheile zu begründen; sie sind die metaphysische Basis jener Urtheile. Diese Begriffe gehen, wie wir schon oben gesehen haben, nur auf Gegenstände einer möglichen Erfahrung, auf Erscheinungen oder Phänomena. Sie beziehen sich also nicht auf Noumena, mag man darunter die Dinge an sich verstehen, d. h. Dinge, die n i c h t O b j e c t e unserer sinnlichen Anschauung, oder Objecte einer n i c h t s i n n l i c h e n Anschauung sind.

Dass die ersteren ausgeschlossen sind, ist die andere, negative Seite der Kantschen Lehre überhaupt. Wenn aber die letzteren, sagt Kant, in das Gebiet des Verstandes und seiner Erkenntniss fallen sollten, so müsste damit eine besondere Anschauungsart, nämlich die intellectuelle angenommen werden, die aber eben nicht die unsrige ist. Es ist eine Täuschung, wenn man die Kategorien, weil sie a priori sind und sich nicht auf Sinn-

---

*) Cf. K. d. r. V. S. 147—201.

lichkeit gründen, über diese hinaus anwendet. Die Welt der Phänomena mit der der Noumena verwechselt zu haben ist der Grundirrthum aller bisherigen Metaphysik *). Was ausserhalb der Anschauung liegt, d. h. die Ideen oder die Einheiten in den Begriffen vermögen wir aus der Analogie zu erkennen. Wir wissen nur, dass sie sind; aber wir wissen nicht, was sie sind.

Hier schliesst die Kantsche Kategorienlehre. — Um die Darstellung derselben nicht zu unterbrechen, ist ihr Zusammenhang mit der früheren Aristotelischen bisher nur kurz angedeutet worden.

Wie wir oben gesehen haben, sagt Kant ausdrücklich, dass er bei Aufstellung seiner Kategorientafel von Aristoteles ausgegangen sei. — Dieser hatte zehn solcher reinen Elementarbegriffe unter dem Namen der Kategorien zusammengetragen. Da er aber kein Princip hatte, so raffte er sie auf, wie sie ihm aufstiessen. Diese Rhapsodie konnte desshalb den künftigen Nachfolger wohl anregen, aber nicht für eine regelmässig ausgeführte Idee gelten. Ausserdem finden sich auch einige Modi der reinen Sinnlichkeit darunter (quando, ubi, situs u s. w.), die in dieses Stammregister des Verstandes gar nicht gehören, oder es sind auch die abgeleiteten Begriffe mit unter die Urbegriffe gezählt, und an einigen der letzteren fehlt es gänzlich **).

„Bei einer Untersuchung der reinen Elemente der menschlichen Erkenntniss", sagt Kant Prolog. S. 71 „gelang es mir allererst nach langem Nachdenken, die reinen Elementarbegriffe (Raum und Zeit) von denen des Verstandes mit Zuverlässigkeit zu unterscheiden und abzusondern. Dadurch wurden nun aus jenem Register die siebente, achte, neunte Kategorie ausgeschlossen. Die übrigen honnten mir zu nichts nützen, weil kein Princip vorhanden war, nach welchem der Vorstand völlig ausgemessen und alle Functionen desselben, daraus seine reinen Begriffe entspringen, vollzählig und mit Präcision bestimmt werden könnten."

Ein solches Princip fand Kant in dem Urtheil. Hier lag nun schon fertige, obgleich noch nicht ganz von Mängeln freie Arbeit der früheren Logiker vor. Er stellte desshalb eine eigene Tafel der Urtheile auf. Freilich kann man ihm nur zugestehen, dass er die überkommene Lehre vom Urtheil geordnet und systematisch geformt hat. Und zwar war die Lehre vom Urtheil, wie Kant sie vorfand, wesentlich Aristotelisch. Aristoteles

---

*) Cf. K. d. r. V. S. 219 u. ff.
**) Cf. K. d. r. V. S. 100 u. ff.

hatte im Organon nur das später sogenannte kategorische Urtheil behandelt, worunter er das bejahende verstand. Schon bald nach ihm aber fügte man das hypothetische und disjunctive hinzu. Kant dagegen scheint diese drei Urtheilsformen zuerst unter dem Gesichtspunkte der Relation zusammengefasst zu haben. Im Uebrigen hat er nur noch die Aussonderung des unendlichen Urtheils vorgenommen, welches von Chr. Wolf und Reimarus zu den bejahenden gerechnet wurde*). Die bejahenden und verneinenden Urtheile finden wir schon bei Aristoteles. Ἔστι δέ εἷς πρῶτος λόγος ἀποφαντικὸς κατάφασις, εἶτα ἀπόφασις. (de interpret. c. 5. p. 17. a. 8).

Was die Urtheile der Qualität betrifft, so rechnet Aristoteles noch die einzelnen Urtheile zu den besondern; aber schon Chr. Wolf theilt wie Kant die Urtheile in allgemeine, besondere und einzelne. Die Urtheile der Modalität, die bei Wolf und Reimarus übergangen sind, stehen schon bei Aristoteles so zusammen, wie sie Kant aufnahm — πᾶσα πρότασίς ἐστιν ἢ τοῦ ὑπάρχειν ἢ τοῦ ἐξ ἀνάγκης ὑπάρχειν ἢ τοῦ ἐνδέχεσθαι ὑπάρχειν (analyt. pr. I. c. 2. p. 25. a. 1). Fortlage**) hat deshalb nicht Unrecht, dass die Kantsche Kategorientafel, sofern man auf das Princip ihrer Ableitung, das Urtheil zurückgeht, „fast so sehr den Namen einer Aristotelischen, als einer Kantschen verdient.“

Wenn man freilich die Aristotelischen Kategorien selbst mit den Kantschen vergleicht, so sieht man leicht, dass Kant von Aristoteles kaum mehr als den Namen entlehnt hat, wie sich denn dies auch aus dem Verfolge dieser Abhandlung ergeben wird. Um den Unterschied beider an das Licht zu stellen, wird es aber nothwendig sein, etwas näher auch auf die Aristotelische Kategorienlehre einzugehen:

Aristoteles sagt***): Τῶν κατὰ μηδεμίαν συμπλοκὴν λεγομένων ἕκαστον ἤτοι οὐσίαν σημαίνει ἢ ποσὸν ἢ ποιὸν ἢ πρός τι ἢ ποῦ ἢ ποτὲ ἢ κεῖσθαι ἢ ἔχειν ἢ ποιεῖν ἢ πάσχειν. ἔστι δὲ οὐσία μὲν ὡς τύπῳ εἰπεῖν οἷον ἄνθρωπος, ἵππος· ποσὸν δὲ οἷον δίπηχυ τρίπηχυ· ποιὸν δὲ οἷον λευκόν, γραμματικόν. πρός τι δὲ οἷον διπλάσιον, ἥμισυ, μεῖζον· ποῦ δὲ οἷον ἐν Λυκείῳ, ἐν ἀγορᾷ· ποτὲ δὲ οἷον ἐχθές, πέρυσιν· κεῖσθαι δὲ οἷον ἀνάκειται, κάθηται· ἔχειν δὲ οἷον ὑποδέδεται, ὥπλισται· ποιεῖν δὲ οἷον τέμνει, καίει· πάσχειν δὲ οἷον τέμνεται, καίεται.

---

*) Trendelenburg, Kat. S. 273 u. f. cf. auch S. 291.
**) Gesch. d. Philos. S. 40.
***) categ. c. 4. p. 1. b. 25.

Die zehn Klassen der Aristotelischen Kategorien sind also:

1. Substanz. 2. Quantität. 3. Qualität. 4. Relation. 5. Wo. 6. Wann. 7. Lage. 8. Verhalten. 9. Thun. 10. Leiden.

Kant meint, wie wir oben gezeigt, dass Aristoteles diese Kategorien ohne Prinzip aufgenommen, wie sie ihm eben aufstiessen. Er dürfte jedoch darin vielleicht nicht völlig Recht haben. Nach einer Hypothese Trendelenburgs*) sollen die zehn Kategorien aus einer Betrachtung und Zergliederung des Satzes stammen, und Aristoteles somit bei dem Entwurfe derselben von grammatischen Verhältnissen geleitet worden sein. Die οὐσία entspricht danach dem Substantivum, das ποσόν, ποιόν und πρός τι dem Adjectivum nebst dem Zahlwort, das ποῦ und ποτέ den Adverbien des Orts und der Zeit. Die vier letzten Kategorien entsprechen dem Verbum, und zwar das κεῖσθαι dem Verbum intransit., das ἔχειν dem Perf. pass., das ποιεῖν und πάσχειν dem Activ und Passiv.

Trendelenburg sagt aber selbst: „Die grammatische Gestalt leitet, aber sie entscheidet nicht." Die grammatische Verwandtschaft der Kategorien und der Einfluss der Sprache bei der Aufstellung der Tafel derselben lässt sich leicht erkennen, wenn man nur die von Aristoteles angeführten Beispiele in Erwägung zieht. Ob aber Aristoteles auch von der Unterscheidung der Redetheile, wie Trendelenburg meint, ausgegangen und die Grammatik die Grundlage der Aristotelischen Kategorienlehre ist, erscheint nicht erwiesen.

Ueberweg**) hält es für naturgemässer, dass Aristoteles auf die Kategorienlehre namentlich durch seine polemische Anknüpfung an Plato geführt worden sei, welcher die Ideen als solche nur unter einer einzigen Existenzform denken konnte, nämlich unter der Form der Substantialität, während sich die Wirklichkeit unter verschiedenen Existenzformen darstelle. „An die metaphysische Unterscheidung dieser letzteren schloss sich dann leicht die augenscheinlich darauf bezogene logische Eintheilung der Vorstellungsformen und das grammatische Verständniss der entsprechenden Wortarten an."

Auch diese Ansicht bleibt aber immerhin nur Hypothese, da bei Aristoteles selbst sich kein directer Hinweis auf den Ursprung seiner Kategorien findet. Aristoteles nennt die Kategorien τὰ γένη oder τὰ σχήματα τῆς καταγορίας oder τῶν κατηγοριῶν oder auch bloss κατηγορίαι.

---

*) Kategorienlehre S. 23 u. f. cf. S. 144 u. f.
**) Logik, S. 100 u. 101.

Κατηγορία heisst aber bei Aristoteles Aussage, Prädicat. Die Bezeichnung „Kategorie“ würde also soviel heissen, als Arten der Prädicate, allgemeine Formen der Aussage. Diese Bedeutung passt jedoch nur für die neun letzten Kategorien, die Aristoteles auch unter dem Namen τὰ συμβεβηκότα (Accidenzen) zusammenfasst und der ersten, der οὐσία oder Substanz, gegenüberstellt. Was diese anbetrifft, so können zwar auch die von Aristoteles sog. zweiten d. h. allgemeinen Substanzen (Mensch, Thier) die Stelle des Prädicats einnehmen, gemeinhin aber nicht die ersten Substanzen (Sokrates, Kallias) *).

Die angenommene Bedeutung wird aber auch modificirt, wenn man eine andere ebenfalls bei Aristoteles häufige Bezeichnung für die Kategorien in Betracht zieht. Er nennt sie nämlich κατηγορίαι τοῦ ὄντος oder τῶν ὄντων. Daraus geht hervor, dass dieselben nicht Prädicate jedes beliebigen Satzes sein können, sondern nur Prädicate τοῦ ὄντος d. h. Antworten auf die Frage: Was ist das Seiende? — Das Seiende ist entweder eine οὐσία, oder ein ποσόν oder ein ποιόν etc. Die Kategorien im Aristotelischen Sinne sind somit die Arten der Aussagen oder Vorstellungen von dem Seienden, sofern dieselben den Arten des Seienden entsprechen oder metaphorisch die letzteren selbst.

Hierin liegt ihr Hauptunterschied von den Kategorien Kants. Diese letzteren bezeichnen nicht solche den Existenzformen congruente Vorstellungen, sondern begründen Urtheile, nämlich die einzigen synthetischen Urtheile a priori. Sie sind die immanenten apriorischen Erkenntnissformen d. i. eben die subjectiven Formen des Erkennens, das subjective Moment in aller Erkenntniss. Die Ordnung und Regelmässigkeit an den Erscheinungen der Natur bringen wir nach Kant selbst hinein, und würden sie auch nicht darin finden können, hätten wir sie nicht hineingelegt. Der Verstand ist also selber der Quell der formalen Einheit der Natur **). Was die Dinge an sich sind, vermögen wir gar nicht zu erkennen. — Bei Aristoteles aber haben die Kategorien eine objective Bedeutung. Auf ähnliche Weise ist ihm die Rede wahr, wie die Dinge. Die Alten waren ja überhaupt noch nicht daran gewöhnt, das Ding selbst dem Worte, das den Gedanken von dem Dinge ausdrückte, gegenüberzustellen. Sie glaubten, das Wort müsse eben conform ausdrücken,

---

*) Cf. Ueberweg, Logik. S. 95, 98 u. ff. und Schuppe, die Arist. Kat. S. 41 u. ff.

**) Cf. K. d. r. V. S. 582 u. a. O.

was das Ding sei. So findet auch Aristoteles die Norm der Wahrheit in der Uebereinstimmung des Gedankens mit der Wirklichkeit. — Der richtig gebildete Begriff entspricht nach Aristoteles dem Wesen der Dinge; das Urtheil ist eine Aussage über ein Sein oder Nichtsein; die Bejahung und Verneinung entspricht der Verbindung und Trennung in den Dingen; die verschiedenen Formen, welche die Begriffe in den Urtheilen annehmen, bestimmen sich nach Existenzformen; der Mittelbegriff in dem gut gebildeten Syllogismus entspricht der Ursache in dem Zusammenhange des realen Geschehens; die Principien der wissenschaftlichen Erkenntniss entsprechen dem, was auch der Natur nach in den Dingen das Erste ist*).

Man sollte nun bei der Beziehung der Aristotelischen Kategorien auf die objective Realität annehmen, dass auch das ganze Aristotelische System auf seiner Kategorienlehre basire. Dies ist aber nicht der Fall, die Anwendung der Kategorien ist vielmehr nur eine sehr sporadische. Sie werden zur Bestimmung und Unterscheidung logischer und metaphysischer Begriffe und auch sonst noch hin und wieder von Aristoteles gebraucht. Aber wie sie selbst den Anforderungen, welche man an ein systematisches Ganze stellt, nicht entsprechen, hat sie Aristoteles auch nicht für geeignet gehalten, mit ihnen das Gebäude seines Systems aufzuführen, wie dieses bei Kant und noch mehr bei Hegel der Fall ist. Schuppe sagt daher (S. 59) mit Recht, dass die Aristotelischen Kategorien nur als vorläufige Uebersicht des Gegebenen am Eingange des Systems stehen ohne alle Nebenbeziehung auf ihre Verwerthung und weitere Gestaltung auf einem andern Gebiete. Deshalb wird auch der Versuch, den Aristoteles mit Aufstellung seiner Kategorientafel gemacht, insofern als mislungen betrachtet werden können, wenn er auch vielleicht, was die allgemeine Bedeutung betrifft, von richtigeren Gesichtspunkten, als sein Nachfolger Kant, ausgegangen sein mag.

Dieser hat nun freilich sein ganzes System durch seine Kategorien zu begründen gesucht; vielleicht ist er selbst jedoch schon und noch mehr seine Schüler darin zu weit gegangen.

Schien diesen doch jeder Gegenstand erschöpfend behandelt zu sein, wenn derselbe unter den von den Kategorien gebotenen Gesichtspunkten betrachtet worden war. — Dies hätte freilich der Fall sein müssen,

---

*) Ueberweg, Logik. S. 25 (§ 16) cf. auch Schuppe S. 10. Trendelenburg, Kat. S. 146.

wenn Kants Voraussetzung richtig wäre, nach welcher die Kategorien die subjectiven Denkformen, die immanenten apriorischen Elemente aller Erkenntniss sind, durch deren Anwendung auf den in den Anschauungen gegebenen Stoff Erkenntniss allererst möglich wird. Diese Kantsche Voraussetzung näher zu untersuchen, soll eben der Gegenstand unsers dritten Theils sein.

So sachgemäss und richtig die Kantsche Kategorientafel an sich und die Ableitung der Kategorien von dem Urtheil erscheinen mag, so fühlt man sich jedoch zunächst schon deshalb versucht, an der Bedeutung, die Kant derselben beilegt, zu zweifeln, weil die Apriorität der Kategorien und namentlich die Beschränkung ihrer Anwendung auf blosse Erscheinungen streng genommen sich nur auf einen Zirkelbeweis gründet.

Die Kategorien, sagt Kant, gehen nur auf Erscheinungen, weil sie a priori d. h. vor aller Erfahrung gegeben oder subjectiv sind. So erkennen wir die Dinge nur, wie sie uns durch die subjectiven Medien, die reine Anschauung und die Kategorien, erscheinen. Anderseits sind die Kategorien a priori, weil unsere Erkenntniss mit nichts als mit Erscheinungen zu thun hat, in welche wir erst durch den Verstand d. h. durch die Kategorien Ordnung hineinbringen. Wir schauen gleichsam diese Einheit in die Erscheinungen hinein. Diese Begriffe werden also nur in uns getroffen und müssen aller Erfahrung vorangehen, da sie immer parat sein müssen zur Anwendung auf die gegebenen Anschauungen.

Es ist aber hieran nicht genug; es kommen in Kants Kategorienlehre auch innere Widersprüche vor. Es ist ein Widerspruch, wenn Kant einerseits von dem Verstande sagt, er sei kein Vermögen der Anschauung *), der Verstand sei das Vermögen zu urtheilen (S. 93), der Verstand sei das Vermögen zu denken und denken sei die Erkenntniss durch Begriffe (S. 94); die Kategorien seien keineswegs die Bedingungen, unter denen Gegenstände in der Anschauung gegeben werden (S. 123); die Sache der Sinne sei es anzuschauen; die des Verstandes zu denken. (Prolog. S. 53).

Anderseits heisst es dann aber wieder, der Verstand bringe durch seine Kategorien Einheit in das Mannigfaltige der Anschauung, und die reinen Verstandesbegriffe gehen a priori auf Gegenstände der Anschauung **); die Kategorien seien Bedingung der Erfahrung, es sei

---

*) Cf. K. d. r. v. S. 92, 123; auch S. 55 u. 82.
**) K. d. r. V. S. 100, 107, 126, 127, 132.

der Anschauung oder des Denkens (S. 126). — Eben da lautet auch die Ueberschrift: Von der Anwendung der Kategorien auf Gegenstände der Sinne überhaupt.

Die angezogenen Stellen werden genügen, um nachzuweisen, dass hier in der That ein Widerspruch vorliegt. Freilich erklären sich diese Widersprüche dadurch, dass Kant zuerst den Verstand und die Kategorien unmittelbar der Sinnlichkeit und ihren Anschauungen gegenüberstellt, dann aber wieder auch die Vermittlung durch das Schema in Betracht zieht. An sich ist der Verstand kein Vermögen der Anschauung, und die Kategorien können nicht die Bedingungen sein, unter denen Gegenstände der Anschauung gegeben werden. Vermittelst des Schemas aber können dann die Kategorien doch auch auf Anschauungen angewendet werden.

Man fragt sich nun aber: Was ist das Schema? Wozu dies? — Wie wir gesehen haben, erklärt es Kant als „reinen, sinnlichen Begriff" d. h. er will damit sagen, dass es ebenso den reinen Begriffen, wie den sinnlichen Anschauungen verwandt sei. Liegt es nun nicht viel näher, anstatt dieses Schema, jenes unbekannte Dritte, einzuschieben, einfach anzunehmen, dass zwischen Begriffen und Anschauungen eine directe Verwandtschaft bestehe, dass sie — sit venia verbo — „blutsverwandt" und nicht bloss durch das Schema mit einander „verschwägert" seien, — eine Annahme, auf welche wir bei Besprechung der Ergebnisse zurückkommen werden, welche bei den Forschungen auf dem Gebiete der neueren Physik und Physiologie erzielt worden sind.

Das Schema wäre somit nur ein Ausdruck dafür, dass trotz der generischen Verschiedenheit doch eine Uebereinstimmung zwischen den subjectiven Begriffen und den Objecten stattfinde.

Man könnte schliessen: Weil die Kategorien trotz ihrer Verschiedenheit sich auf Anschauungen beziehen, und weil die Anschauungen sich in jene von ihnen verschiedenen Einheiten zusammenfassen lassen, muss doch wohl in ihnen selbst der Grund für diese Uebereinstimmung liegen. Das Kantsche Schema ist dann nur eine Bezeichnung für das Verwandtschaftsverhältniss zwischen Sub- und Objectivem. Es scheint auch, als wenn Kant sich dessen dunkel bewusst gewesen ist. Er sagt in der ersten Auflage seiner Kritik *): Die Kategorien sind nichts anderes, als die Bedingungen des Denkens in einer möglichen Erfahrung;

*) Abgedruckt bei Hartenstein S. 574.

also sind sie auch Grundbegriffe, — Objecte überhaupt zu den Erscheinungen zu denken und haben also a priori objective Gültigkeit. An einer andern Stelle (S. 118) sagt er: Verstand ist das Vermögen der Erkenntnisse, diese bestehen in der Beziehung gegebener Vorstellungen auf ein Object. Object aber ist das, in dessen Begriff das Mannigfaltige einer gegebenen Anschauung vereinigt ist.

Also kann zwar nicht das Ding an sich Gegenstand unserer Erkenntniss werden, aber doch d a s O b j e c t, das Kant mit Recht von der einzelnen Anschauung unterscheidet *).

In einer Anmerkung zur ersten Auflage d. K. d. r. V, welche in den folgenden Auflagen fehlt, geht Kant noch weiter. Er sagt nämlich (S. 217): „Dieses (d. Ding an sich) bedeutet aber ein Etwas = X, wovon wir gar nicht wissen, noch überhaupt (nach der jetzigen Einrichtung unseres Verstandes) wissen können, sondern w e l c h e s n u r a l s e i n C o r r e l a t u m d e r E i n h e i t d e r A p p e r c e p t i o n z u r E i n h e i t d e s M a n n i g f a l t i g e n i n d e r s i n n l i c h e n A n - s c h a u u n g d i e n e n k a n n. vermittelst deren der Verstand dasselbe in den Begriff eines Gegenstandes vereinigt“ **).

Dass soll doch wohl heissen: Die Einheit. die in Beziehung auf uns selbst sich als „Ich“ darstellt, ist in Beziehung auf die Erscheinungen — „das Ding an sich“. — Wir selbst sind aber für jede andere Intelligenz zunächst doch auch nur Erscheinung, also dürfte wohl „das Ich“ und „das Ding an sich“ identisch sein. — Dass nur auf solche Weise d. h. durch einen Schluss der Analogie gewisse Erkenntniss überhaupt möglich sei, ist eine der wichtigsten Lehren Kants ***). Aber er beschränkt diese auf das praktische Gebiet, auf die Möglichkeit einer Erkenntniss der nothwendigen Ideen der Vernunft (d. psychol., kosmolog. u. theol. Idee).

Die höchste formale Einheit, sagt Kant †), welche allein auf Vernunftbegriffen beruht, ist die zweckmässige Einheit der Dinge, und das speculative Interesse der Vernunft macht es nothwendig, alle Anordnung in der Welt so anzusehen, als ob sie aus der Absicht einer allerhöchsten Vernunft entsprossen ist . . . . . Die Idee jener zweckmässigen Ein-

---

*) Cf. Schopenhauer S. 524 u. ff., der sich in entgegengesetztem Sinne ausspricht.

**) Cf. Ueberweg, Gesch. d. Philos. III. § 16. S. 157 u. S. 181 u. 183.

***) K. d. r. V. S. 448.

†) K. d. r. V. S. 461 u. 465.

heit der Dinge ist mit dem Wesen unserer Vernunft unzertrennlich verbunden. Eben dieselbe Idee ist also für uns gesetzgebend, und so ist es sehr natürlich, eine ihr correspondirende Vernunft anzunehmen, von der alle systematische Einheit der Natur abzuleiten sei.

Die neuere und neueste Philosophie ist von hier aus im Anschluss an Kant weitergegangen und hat diese Erkenntniss nach der Analogie noch weiter ausgedehnt — auch auf das Ding an sich oder auf alle Noumena, wie Kant sie nennt, mag man darunter Dinge, die nicht Objecte unserer sinnlichen Anschauung sind, oder Objecte einer nicht-sinnlichen Anschauung verstehen und zwar weil bei der auf das eigene Seelenleben gerichteten inneren Wahrnehmung, der unmittelbaren Erkenntniss, die Erscheinung mit der psychischen Wirklichkeit in wesentlicher Uebereinstimmung steht.

Aehnlich verhält es sich mit den Kantschen Formen der reinen Anschauung, namentlich der Zeit. Die Realität der Zeit ergibt sich aus der Wahrheit der innern Wahrnehmung. Was wir durch innere Wahrnehmung percipiren, ist an sich so, wie es erscheint, also auch an sich nach einander. — Otto Liebmann, welcher in der Erkenntnisskritik eine vermittelnde Stellung einnimmt, äussert sich über diese Frage folgendermassen*): Sie (die absolute Zeit) ist ein theoretischer Machtspruch, ein Postulat der mathematischen Vernunft. Will man nicht allen Boden unter den Füssen verlieren, will man nicht unsre phoronomischen Fundamentalbegriffe, Galileis lex inertiae, und die bekannten apriorischen Relationen zwischen Raum, Zeit, Geschwindigkeit, Beschleunigung, auf denen unsere gesammte mathematische Naturphilosophie beruht, über den Haufen werfen, so sieht man sich, unter Abstraction von jedem empirischen Massprincip zur Idee einer von allem Wechsel emancipirten absoluten Zeit genöthigt, welche „schlechthin gleichmässig dahinfliesst (quod aequabiliter fluit)", wie Newton sagt. —

Die Berechtigung des Begriffs jener absoluten Zeit liegt somit nach Liebmann in ihrer theoretischen Unentbehrlichkeit. Sie ist eine Idee, die mit der Organisation unserer Intelligenz unzertrennlich verknüpft ist, was man in Kantischer Terminologie als „die Apriorität der Zeit" bezeichnen kann. —

____
*) Zur Analysis der Wirklichkeit S. 87 u. ff. Cf. Ueberweg, Logik S. 73 u. ff.

Aehnlich verhält es· sich nun mit der Realität des Raumes. Wären die ausserhalb unsers Bewusstseins liegenden Dinge anderen Gesetzen unterworfen, als solchen, die von uns aus der Natur des Raumes erkannt werden, so wäre keine angewandte Geometrie möglich. Selbst Liebmann gesteht dies in bedingter Weise zu: „Jedenfalls", sagt er S. 68 „ist die uns unbekannte absolut-reale Weltordnung eine solche, dass daraus für uns die Nöthigung entspringt, innerhalb unsres an jene Raumanschauung gebundenen Bewusstseins die empirisch-phänomenalen Dinge und Ereignisse, was ihre Grösse, Gestalt, Lage, Richtung etc. anbetrifft, gerade so anzuschauen, wie es in jeder uns homogenen Intelligenz geschieht. Die empirische Welt ist ein Phaenomenon bene fundatum".

In ähnlicher Weise sind auch gewichtige Einwendungen gegen die ausschliesslich subjective Bedeutung der Kantschen Kategorien gemacht worden.

So sagt Trendelenburg *): Wenn der Verstand der Erfahrung durch die Kategorien Gesetze vorschreibt, — so muss doch in den Dingen, dem Inhalte der Erfahrung, die Möglichkeit liegen, ihnen zu gehorchen. Diese Folgsamkeit ist schon eine That. Indem sie sich den Gesetzen fügen und sich in die Kategorie fassen lassen, gehen sie mit dem Verstande eine Gemeinschaft ein, wozu nothwendig ein Theil der Bedingungen in ihnen liegt. Ueberweg **) ergänzt noch die Ansicht Trendelenburgs. Er sagt nämlich: Bei den Voraussetzungen Kants würde jeder besondere Stoff zu jeder besondern Form beziehungslos sein und mithin, ohne eine reale Veränderung erlitten zu haben, auch in anderer Form wahrgenommen werden können, als worin er wirklich erscheint. Allein wir fühlen uns bei der Wahrnehmung jedesmal an die Verbindung bestimmter Formen mit bestimmten Stoffen gebunden. Dazu kommt, dass die neuere Naturwissenschaft uns geradezu zeigt, wie der Inhalt der Wahrnehmungen abhängig ist von den Objecten, wie sie an sich sind. So sagt der Physiologe Carl von Voit ***): „Erzitterungen der Materie, nämlich des den unermesslichen Weltraum erfüllenden Aethers und der wägbaren Theilchen, treffen unseren Körper und setzen dort für bestimmte Formen jener Bewegungen besonders eingerichtete Organe, die verschiedenen Sinnesorgane, in Mitbewegung, ähnlich wie die Wind-

---

*) Kat. S. 295.
**) Logik, § 38, S. 70.
***) Ueber die Entwicklung der Erkenntniss. S. 5.

stösse die Saiten einer Aeolsharfe in Schwingungen versetzen oder die Lichtwellen die Silbersalze auf einer photographischen Platte zerlegen. Die Bewegung des Sinnesorganes pflanzt sich mit der Schnelligkeit einer Botschaft tragenden Brieftaube durch den verbindenden Nerven hindurch nach bestimmten Theilen des Gehirnes fort, wo nach allen den rein-physikalischen Bewegungsvorgängen eine neue Erscheinung, der erste psychische Act, die Empfindung, ausgelöst wird".

So erscheint die Kantsche Auffassung von Seiten der speculativen, wie der empirischen Wissenschaft erschüttert. Aber mag man es immerhin für erwiesen halten, dass Kant mit Unrecht die Bedeutung seiner Kategorien auf das Gebiet des Subjectiven eingeschränkt hat; immerhin ist die grosse That anzuerkennen, der wichtige Dienst, welchen Kant mit der Aufstellung seiner Kategorientafel überhaupt der Philosophie geleistet hat. Im Ganzen und Grossen ist dieselbe auch von seinen Nachfolgern mit Recht festgehalten worden, so namentlich von Fichte, Schelling und Hegel, welcher letztere nur in der Lehre vom Sein die Kantschen Kategorien der Qualität, — Realität, — Negation und Limitation — in die Begriffe des reinen Seins, — des Nichtseins und — des Werdens verwandelt, sonst aber die Kantschen Kategorien der Quantität, der Relation und der Modalität beibehalten hat. — Was freilich die Bedeutung der Kategorien Kants anbetrifft, so sind, ausserhalb der unmittelbaren Schule, schon die meisten seiner Nachfolger von dieser nach der einen oder andern Seite abgewichen.

Zunächst erklärten sich Hamann *) und Herder **) gegen die Kantsche Trennung des Intellectualen und Sensualen, des Subjectiven und Objectiven, der Form und des Inhalts. Fichte führte in seiner Wissenschaftslehre Form und Inhalt der Erkenntniss auf das denkende Subject oder das Ich zurück; er erklärt somit den Stoff, wie die Form der Wahrnehmung für bloss subjectiv, Schelling und Hegel für subjectiv und objectiv zugleich. Hegel identificirt Form und Inhalt, Denken und Sein. Die Hegelsche Philosophie ist das System der Vernunftbegriffe oder Kategorien, die ebenso Grundbestimmungen des subjectiven Erkennens. wie der objectiven Wirklichkeit sind, und zwar dialectisch aus einander abgeleitet, indem von den abstracteren Begriffen zu den concreteren übergegangen wird.

---

*) Metakritik über den Purismus der reinen Vernunft herausgegeben v. Rink 1781.

**) Metakritik d. r. V. 1799.

Schleiermacher, der freilich, Kants Kategorienlehre aufgebend, die Begriffe in Subjects- uud Prädicatsbegriffe parallel der grammatischen Eintheilung in Substantiva und Verba eintheilt, — vermittelt zwischen der subjectivistisch-formalen und der metaphysischen Logik, indem er zwischen den Formen, in denen das Denken und Erkennen sich vollzieht, und den Formen der realen Existenz wohl einen Parallelismus, aber nicht Identität anerkennt*). Eine solche vermittelnde Stellung hat neuerdings auch Ueberweg († 1871) eingenommen.

Die äussere Wahrnehmung ist nach Ueberweg**) an sich unzuverlässig; von dem materiellen Aussendinge nehmen wir nur ein ungewisses Bild in uns auf; in adäquater Form bilden wir den Gedanken, das Gefühl und den Willen des andern in uns nach; noch treuer kann die Reproduction der Gedanken und Gefühle sein, von denen wir selbst bewegt werden, nothwendig treu sind die unmittelbaren Wahrnehmungen der gegenwärtig in uns vorhandenen psychischen Gebilde, und erst bei der Subsumtion derselben unter einen allgemeinen Begriff wird ein Irrthum möglich.

Dass wir von unserem eigenen psychischen Inneren eine Wahrnehmung haben, in welche das Sein unmittelbar eingeht, ohne Zumischung einer fremden Form, ist der erste feste Punkt der Erkenntnisstheorie. So beruht auf der Verbindung der äusseren Wahrnehmung mit der innern die Erkenntniss der Aussenwelt. Unsere von uns selbst sinnlich wahrgenommenen leiblichen Zustände stehen mit unsern innerlich wahrgenommenen psychischen Zuständen in einem gesetzmässigen Zusammenhange.

Bei der Wahrnehmung von leiblichen Zuständen, die den unsrigen analog sind, schliessen wir daher auch auf ein unserem eigenen analoges psychisches Ansich. — Mit diesem Schluss der Analogie ergänzen wir den Inhalt der äusseren Wahrnehmung durch den der inneren.

Die erste Erkenntniss ist also die Annahme einer Mehrheit beseelter Subjecte. Durch Depotenzirung oder Idealisirung unseres eigenen innern Seins erweitern wir alsdann die Betrachtung der Aussenwelt und erkennen das Innere anderer Wesen überhaupt vermöge der verwandten Seiten unsres eigenen Innern Da aber die Uebertragung der Analogie unserer eigenen psychischen Gebilde, durch welche wir das

---

*) Cf. Ueberweg, Logik. S. 55 u. 102.
**) Cf. Logik. S. 67 u. ff.

psychische Leben theils anderer Menschen, theils auch der Thiere mit approximativer Wahrheit erkennen, nicht durchweg zuzutreffen scheint, so führen diese andersgearteten Erscheinungen auf die Annahme eines an sich in todter Ruhe verharrenden Stoffes oder der Materie, in welcher innere Zustände oder Qualitäten liegen, die, wenn sie bei unmittelbarer Berührung oder auch bei partieller oder totaler Durchdringung der Stoffe — zu einander in Beziehung treten, — durch ihren Gegensatz in Bezug auf einander zu Kräften werden — Wie die Materie aber ein Analogon unsres Leibes ist, so ist die die Materie durchdringende Kraft ein Analogon unserer eigenen Willenskraft. Alles Weitere aber darüber bleibt uns unbekannt.

Ueberweg befindet sich hier mit den Resultaten der neuern Naturwissenschaft in Uebereinstimmung. Ich kann es mir daher nicht versagen, noch einmal auf Voit zurückzukommen. Als Beleg dafür, dass einerseits unsere Erkenntniss zunächst auf der sinnlichen Wahrnehmung beruhe, und anderseits dafür dass diese sinnliche Wahrnehmung zwar nicht falsch, aber doch lückenhaft sein könne, erzählt uns Voit *) einen genau beobachteten Fall von einem Mädchen, welches im zweiten Lebensjahre durch eine schwere Erkrankung blind und taub geworden und auch des Geschmacks- und Geruchssinnes beraubt worden war. — Das talentvolle Kind suchte mit unersättlicher Wissbegier und gespanntester Aufmerksamkeit a u f d e m e i n z i g e n s c h m a l e n P f a d e , d u r c h den es mit der übrigen Welt in Verbindung stand, Kenntnisse zu gewinnen. Es war geschickt mit der Nadel, konnte kleine Zahlen addiren und subtrahiren, gebrauchte mit Fertigkeit die Fingersprache und schrieb leserlich. Es hatte Sinn für Anstand und gutes Betragen, eine Anschauung vom Tode, und unterschied sehr wohl Recht und Unrecht. — Es beginnt also das Erlernen von Kenntnissen, wenn auch nur e i n e Pforte, wie bei dem Kinde der Tastsinn, für die Einwirkung der Aussenwelt eröffnet ist. Wir erfahren aber auch, wie viel der Erkenntniss mangelt, wenn nur wenige von den Körpern ausgehende Bewegungen Zu ‘ in unser Inneres erhalten. Wir blicken mit unserem Geiste nicht in die Aussenwelt hinaus, sondern wir müssen geduldig warten, ob von letzterer Boten ihren Weg zu uns finden. Die Sinne erfassen daher nicht alles, was um uns sich befindet und um uns vorgeht. Wenn ein einziger Sinn thatsächlich nur einen gar ärmlichen

---

*) Ueber die Entwicklung der Erkenntniss. S. 6 u. ff.

Aufschluss verschafft, so ist von vorn herein zu erwarten, dass fünf derselben uns ebenfalls nur einen Theil und nicht das Ganze erschliessen.

Manche von Körpern ausgesandte Bewegungsformen gehen zwar als solche spurlos an den Sinnesorganen vorüber, aber doch erlangen wir davon Kenntniss, nämlich dann, wenn sie sich in eine andere Bewegungsform umsetzen lassen, für welche wir empfänglich sind. Wir spüren z. B. direct nichts von den intensiven magnetischen Strömen an unserer Erde; dieselben blieben uns daher völlig unbekannt, würde nicht das weiche Eisen durch sie gerichtet, dessen Wirkungen wir durch Auge und Gefühl wahrnehmen. — So steckt schon die beschränkte Befähigung der Sinnesorgane eine Schranke für die menschliche Erkenntniss und lässt nur einen Theil der Erscheinungen in der Natur erfassen. Wer da meint, es sei nichts da, wo er nichts sieht, sagt Voit S. 24, und wer da leugnen wollte, was er nicht verstehen kann, der setzt sich in Widerspruch mit der Lehre von der Erkenntniss.

Was übrigens die Ergänzung unserer Erkenntniss durch einen Schluss nach der Analogie anbetrifft, so stimmt Ueberweg hier, — so wenig dies auch sonst der Fall ist, — mit Schopenhauer überein, — noch mehr mit Schleiermacher, welcher den Menschen als Abbild des Weltalls, — als Mirkokosmos auffasst.

So gewährt uns die Erkenntnisstheorie Ueberwegs einen Einblick in die eigentliche Werkstätte unserer Erkenntnisse selbst, verständlich für die Auffassung des Denkers, wie des natürlichen Menschen.

In der Aufstellung der Kategorientafel ist Ueberweg wohl mit Unrecht von Kant abgewichen. Seine substantivischen concreten, substantivischen abstracten, verbalen, attributiven und Relationsvorstellungen, die sich auf Aristoteli-che Principien gründen, entsprechen sonst eher der Schleiermacherschen und der grammatischen Eintheilung. Diese Auffassung erscheint aber zu einseitig sprachlich. Das Denken ist früher, als das Sprechen, und die Grundbegriffe als solche werden zunächst alle substantivisch gedacht. Die Sprache fasst alsdann erst die einzelnen Beziehungen derselben auf und bezeichnet sie durch die verschiedenen Redetheile. Das Wesen jener Begriffe erschliesst sich uns bewusterweise erst in dem lebendigen Gebrauch, im Urtheil. Deshalb können wir jene vollständig nur auf Grund dieses finden.

Eine weitere Erörterung dieser Frage gehört jedoch nicht mehr in den Bereich unserer Abhandlung. Das Resultat derselben aber ist somit :

Die Kantschen Kategorien sind im Grossen und Ganzen genommen die Grundlinien des Denkens, wie des Seins. Sie können von dem denkenden Subjecte auf die Objecte nur deshalb angewandt werden, weil sie auch in diesen — jenem analog enthalten sind. Zu der Erkenntniss, dass dieses wirklich der Fall ist, kommt aber das denkende Subject zunächst nur durch einen Schluss der Analogie. Die Aussenwelt kann von ihm vollständig nur in Gemässheit des ihm bekanntesten Objects, des eigenen Ich und seiner eigenen Leiblichkeit erkannt werden. — Wir finden uns selbst oder unser „An sich" nun aber denkend und wollend und schliessen daraus, dass „Denken und Wollen" d. h. ein Analogon unsres Geistes das „An sich" jeder einzelnen Erscheinung, wie des ganzen Weltalls ist.

Der Geist ist zunächst denkend; — indem er über sich hinausgeht, als thätiger, ist er wollend. Ein Gleiches ist in der ganzen Natur der Fall. Der unbewegte Stein ruht durch seine Schwere. Diese Ruhe ist das Analogon des menschlichen Denkens auf der niedrigsten Stufe der Entwicklung. Geworfen oder gestossen fällt, rollt er. Diese Bewegung ist das Analogon des menschlichen Willens auf der niedrigsten Stufe. Jene Ruhe und diese Bewegung haben einen Grund, die Schwere. So ist Denken und Wollen eins in der Einheit des Geistes. Das Denken ist der in sich gekehrte Wille, das Wollen das aus sich heraustretende, thätige Denken. Indem wir unser „An sich" idealisiren, gelangen wir zu der Idee der persönlichen Gottheit.

Die philosophischen Meinungen wogen hin und her, in vielen Irrthümern ein Atom Wahrheit. Nicht das Resultat allein entscheidet, sondern der Ernst und die Lauterkeit, die das Streben nach Wahrheit auszeichnet.

„Nicht die Wahrheit, in deren Besitz der Mensch ist oder zu sein meint, sondern die aufrichtige Mühe, die er angewandt hat, hinter die Wahrheit zu kommen, macht den Werth des Menschen. Wenn Gott in seiner Rechten alle Wahrheit und in seiner Linken den einzigen innern regen Trieb nach Wahrheit, obschon mit dem Zusatze, mich immer und ewig zu irren, verschlossen hielte und spräche zu mir: wähle! — ich fiele mit Demuth in seine Linke und sagte: Vater, gib! Die reine Wahrheit ist ja doch nur für dich allein" *).

Diese Lessingsche Resignation ist der Pharus auf den Irrwegen philosophischer Speculation. Sie gibt uns Kraft und Muth, immer neue Wege der Wahrheit zu suchen, das hohe Ziel im Auge zu behalten, wenn es auch immer uns nur aus weiter Ferne winkt. —

*) Lessing, Eine Duplik. in Band 9, S. 95 der Göschenschen Ausgabe von 1838.